Diogenes Taschenbuch 23298

de
te
be

Ingrid Noll

Der Schweinepascha

in 15 Bildern
Illustriert von der Autorin

Diogenes

Die Erstausgabe erschien 1996
im Diogenes Verlag

*Für Biber, Robert
und Julia*

Veröffentlicht als Diogenes Taschenbuch, 2001

www.diogenes.ch
150/01/4/1
ISBN 3 257 23298 5

Der Schweinepascha hat es gut,
weil dieses Faultier wenig tut,
auf eine Ottomane sinkt
und Mokka mit viel Sahne trinkt.

Doch wenn er in den Harem tritt,
dann ruft er: »Salam! Seid ihr fit?
Der Tag beginnt, die Nacht war lang,
wo bleibt der Kaffee zum Empfang?

Ich habe Lust auf Himbeereis,
Geleebonbons und Zuckermais,
ich möchte süßen Apfelbrei!«
Sechs Frauen eilen flugs herbei

und bringen ihm – was er auch will –
Saffianschlappen, Lachs mit Dill,
Opiumpfeife, Mostricheier,
Fußbad, Bonbons und Tokaier.

Sechs Frauen sind des Paschas Stolz,
sie sind geschnitzt aus edlem Holz.
Zum Glück sind alle weich und zart,
nur Fee hat einen Damenbart.

Kotletta ist von schwerem Bau,
berühmt als Zucht- und Rassesau.
Suleika ist zwar nicht mehr jung,
sie tanzt jedoch mit Lust und Schwung.

Jasmin hat Warzen im Gesicht,
das mag der Schweinepascha nicht.
Soraya hinkt auf einem Bein,
doch sonst ist sie ein Superschwein.

Die Oda ist albinoweiß,
der Schweinepascha liebt sie heiß:
Ein teures Sammlerexemplar,
denn Odalisken sind so rar.

Nicht nur Kotletta, auch Jasmin
ist stets beim Nagelfeiltermin
in Schweiß gebadet, schreckensbleich,
denn Jähzorn plagt den Schweinescheich.

Der Pascha wird gefeilt, rasiert,
geölt, gekämmt und balsamiert.
Die Borsten werden blond getönt,
gebürstet und leicht angefönt.

Die Ohren werden ausgeputzt,
die Brauen fein zurechtgestutzt.
Dies alles braucht Geschicklichkeit,
vor allem aber auch viel Zeit.

Doch brüllt der Pascha, rot vor Wut:
»Ihr reizt mich heute bis aufs Blut!
Die Schinken hoch und allez hopp!
Noch nichts gehört von Schweinsgalopp?«

Kotletta läßt die Feile sinken,
erhebt sich von den Hinterschinken
und ruft mit angestauter Wut:
»Ich glaube fast, dir geht's zu gut!

Dein Meckern, Schimpfen, all der Zoff
gibt fast für einen Krimi Stoff:
Ein Schwein taugt gut zu Frikassee.
Doch Morden ist nicht mein Metier.

Das reicht für heute, ich geh weg!
Ich bin zu gut für deinen Dreck!
Man braucht mich in der Landwirtschaft,
dort fragt man noch nach Saft & Kraft.

Denn meine große Stärke ist
naturbelaßner eigner Mist!«
Kotletta läßt den Pascha stehn
und geht auf Nimmerwiedersehn.

Jasmin sagt auf dem Weg zur Tür:
»Ich hab geschuftet, und wofür?
Als junger Unternehmerin
bleibt mir alleine der Gewinn.

Produkte für das Körnerschwein,
die müßten doch erfolgreich sein!
Rosinenfladen, Sojabrot,
auch Kuchen ganz aus Vollkornschrot.

Statt deinem Terror und Diktat
genieß ich Rettich und Salat.
Und gegen Muff im Kämmerlein,
da setz ich frische Landluft ein.

Ich laß dich auch allein und geh,
nun kämm und feil dich selbst, ade!«
Das Warzenschwein Jasmin tritt ab,
der Schweinepascha macht fast schlapp.

JASMIN

Der Pascha merkt nach diesem Knall:
Das war bereits der zweite Fall.
»Soraya«, ruft er, »komm mal her!
Mein Kopf ist heute zentnerschwer.

Der Schädel brummt, der Hals tut weh,
es schmerzt die Hand, das Bein, der Zeh!
Mein goldnes Herz ist wie aus Blei,
der Rücken bricht mir fast entzwei!

Massage tut dem Buckel gut,
doch kratz nicht wieder bis aufs Blut!«
Soraya krault mit wenig Lust
und seufzt dabei aus tiefer Brust.

Der Pascha hört es und er schreit:
»Du möchtest also mit mir Streit?
Wenn dir mein Ton nicht mehr gefällt,
dann kriegst du halt kein Haushaltsgeld.«

Soraya hinkt hinaus und spricht:
»Dein Ton gefällt uns allen nicht!
Du bist ein rechter Simulant,
ein Hypochonder und Pedant!

Dir geh ich nicht mehr auf den Leim,
ich gründe ein Seniorenheim!
Die alten Leute zeigen Dank
und sind zumeist tatsächlich krank.«

Soraya legt die Schlüssel hin,
so stolz wie eine Kaiserin.
Nun geht's dem Pascha an den Speck,
die Ohren werden blaß vor Schreck.

Jetzt braucht er wirklich eine Frau,
denn tief im Magen wird ihm flau.
Es reut ihn, daß er eklig war,
faul, ungerecht und undankbar.

Es fehlt im Haus so manche Wutz
bei Paschas großem Frühlingsputz.
»Ach, liebste Fee! Tritt flink herein
zur Tröstung für mich armes Schwein!

Komm nahe an mein Schweineohr
und lies mir aus der Zeitung vor!«
Sie eilt herbei. Ihr Damenbart
streift seine Ohren, doch nur zart.

Der Pascha springt gleich zornig auf
und stampft mit seinem Hinterlauf
auf Bretterboden, daß es dröhnt.
Die arme Fee vor Schrecken stöhnt.

»Ich hasse diesen Kratzebart,
so nadelspitz wie Stacheldraht!
Die Borsten tun mir täglich weh,
und so ein Kaktus nennt sich Fee!«

Ist mir doch gleich, leb wohl, ich geh!«
sagt kurzentschlossen nun die Fee.
»Verkleidet und geschminkt als Mann
fang ich jetzt beim Theater an.

In Hose, Weste, Frack und Hut
gefällt mir jede Rolle gut.
Ein Schwein mit Bart verdient viel Geld
als Frauen- und als Westernheld.

Als Bajazzo reiß ich Witze,
als Tenor, da bin ich Spitze!
Und als Puck im Sommernachtstraum,
da schlag ich einen Purzelbaum.«

Die Fee verläßt des Paschas Haus
und spielt im Film die Mickymaus.
Sie wird berühmt im ganzen Reich,
kriegt Orden vom Nomadenscheich.

Der Pascha leidet große Pein:
zwei Frauen sind zum Glücklichsein
zu wenig. Einsam sitzt er hier.
»Suleika«, ruft er voll Begier,

»sofort kommst du zu deinem Herrn,
denn Bauchtanz seh ich immer gern.
Auf diesem kleinen Tischchen tanz
mit Anmut, Charme und Eleganz!«

Suleika tobt. »Bist du ganz dicht?
Du siehst wohl meine Arbeit nicht!
Den ganzen Tag hab ich geputzt,
ich werde immer ausgenutzt!

Ich finde einen andern Job!«
Suleika schmeißt den grauen Mop
auf Schweinepaschas Teegedeck.
Und tief beleidigt geht sie weg.

Suleika sucht ihr spätes Glück
in kommunaler Politik.
Denn ungeachtet ihrer Falten
kann sie gute Reden halten.

Sie schwingt die Glocke, daß es hallt,
sie kämpft für eine Heilanstalt,
für Kindergärten, Frauenhaus.
Sie erntet Beifall, ja Applaus.

Ihr Beitrag zur Sozialreform
ist für ein Schweineland enorm:
Ausgleichssport für Straßenkehrer,
blauen Montag für die Lehrer.

Tritt die Heldin auf die Bühne,
jubeln Rechte, Linke, Grüne.
Ihre Rede ist geschliffen,
selbst der Schulrat ist ergriffen.

Der Pascha klagt und weint vor Gram,
denn Machos sind nicht monogam.
Die Frauen fehlen ihm so sehr,
der Harem scheint ihm tot und leer.

Die Lage ist für ihn ganz neu,
er hofft nur, eine ist ihm treu!
Doch auch auf lautes Wutgeschrei
kommt seine Oda nicht herbei.

Der Schweinepascha tobt und flucht,
dieweil er wild nach Oda sucht.
Verstört rast er in jeden Raum,
aus seinem Munde quillt der Schaum.

Denn niemals hätte er gedacht,
daß sie sich aus dem Staube macht.
Doch mitten in der Suchaktion
vernimmt er plötzlich einen Ton.

Vom Souterrain ein Quieken schallt;
den Pascha überläuft es kalt.
Vor Angst ihm fast das Herz versagt,
als er die Stufen runterjagt.

Verschüchtert tritt der Pascha ein.
Die Oda ist nicht mehr allein,
denn sieben Ferkel pflegt sie jetzt.
Der Schweinepascha ist entsetzt.

»Wo kommen diese Kinder her?«,
so fragt er blöd und atmet schwer.
Die Oda fährt sofort herum,
»Du Schweinehund, wie bist du dumm!

Ein jedes Ferkel ist von dir!
Erst kam nur eins, dann zwei, dann vier.
Los, hilf mir schon – ich kann kaum mehr –
und hol mir sieben Flaschen her!«

An jedem Tag, den Gott ihm gibt,
der Pascha Kinderwagen schiebt.
Ein liebevoller Schweinepaps
gibt Küßchen hier, dort einen Klaps.

Sieben rosa Ferkel warten
sehnlich schon im grünen Garten.
»Papa«, rufen sie und lachen,
»komm, wir wollen Spiele machen.«

Die Ottomane, der Diwan,
die Pfeife und das Marzipan,
der Seidenkaftan und sein Fez,
fast stündlich frisch der Mokka stets,

zu später Stund ein Nabeltanz
mit rosa Tüll am Schweineschwanz –
verloren ist sein Paradies,
das früher einmal Harem hieß.

Wer sieben kleine Ferkel hat,
der ist am Abend schlapp und matt,
der sucht nach keiner neuen Frau,
der sieht zu Haus die Tagesschau.

Als die Kleinen endlich gähnen,
fragt der Pascha unter Tränen:
»O Lieblingsfrau, mein Sonnenlicht!
Du bleibst doch bei mir – oder nicht?«

Die Oda sagt in müdem Ton:
»Nun ja, mein Schatz, ich muß wohl schon.
Doch hiermit wird fest abgemacht,
daß du mir hilfst bei Tag & Nacht!«

So schuftete noch manches Jahr
das hochverdiente Schweinepaar.
Zwölf Ferkel haben sie gekriegt,
denn ihre Liebe hat gesiegt.

Ingrid Noll im Diogenes Verlag

»Sie ist voller Lebensklugheit, Menschenkenntnis und verarbeiteter Erfahrung. Sie will eine gute Geschichte gut erzählen und das kann sie.« *Georg Hensel/Frankfurter Allgemeine Zeitung*

»Wer einmal anfängt, ihre Romane zu lesen, hört nicht mehr auf, ja wird süchtig nach mehr. Sie erzählt temporeich und spannend und immer mit Ironie.« *Christa Spatz/Frankfurter Rundschau*

»Weit mehr als für Leichen interessiert sich die Autorin für die psychologischen Verstrickungen ihrer Figuren, für die Motive und Zwangsmechanismen, die zu den Dramen des Alltags führen.« *Klaus Reitz/Mannheimer Morgen*

»Eine fesselnd formulierende, mit viel schwarzem Humor ausgestattete Neurosen-Spezialistin in Patricia-Highsmith-Format.« *Markus Vanhoefer/Münchner Merkur*

Der Hahn ist tot
Roman

Die Häupter meiner Lieben
Roman

Die Apothekerin
Roman

Der Schweinepascha
in 15 Bildern
Illustriert von der Autorin

Kalt ist der Abendhauch
Roman

Stich für Stich
Fünf schlimme Geschichten

Röslein rot
Roman

Die Sekretärin
Drei Rachegeschichten

Selige Witwen
Roman